# 無敵破壞王2

## 打爆互聯網

### WRECK-IT RALPH 2
### RALPH BREAKS THE INTERNET

電影番外篇漫畫

新雅文化事業有限公司
www.sunya.com.hk

# 無敵破壞王

無敵破壞王來自1980年代的8位元電子遊戲《閃電手阿修》，他是個惡名遠播的大壞蛋。在遊戲中，破壞王肩負了一個重要的角色，他會大肆破壞好人大廈，讓阿修能修理。他身材健碩，擁有一顆寬大的心。當破壞王遇到他最好的朋友雲妮露，還接受了自己是最受大眾喜愛的反派角色後，他變得熱愛自己在利維遊戲機中心的生活。由於雲妮露的遊戲《甜蜜大冒險》有零件損壞而停止運作，破壞王便與雲妮露一起踏上互聯網之旅，尋找一個新的方向盤。

# 雲妮露

　　雲妮露是破壞王一生中的摯友，也是一個天才賽車手。事實上，她是賽車遊戲《甜蜜大冒險》中最厲害的車手。雲妮露精力充沛、伶牙俐齒，還不時出現她那具代表性的「跳格」。她熱愛自己的遊戲，每天下班後她都會和破壞王待在一起，但有時她也會期望展開新鮮刺激的冒險。如果利維先生無法為《甜蜜大冒險》找到新的方向盤，雲妮露便會失去自己的遊戲，無家可歸了。她與破壞王必須前往互聯網世界，在一切無可挽回之前找到新的方向盤！

# 閃電手阿修

阿修是遊戲《閃電手阿修》中的英雄。他很樂觀，能夠用他的魔法錘子修理好任何物件。雖然阿修與破壞王在遊戲中互相敵對，但兩人其實是很好的朋友。

# 知多啲先生

破壞王與雲妮露到達互聯網世界後，過了不久便在知多啲先生的搜尋處與他相遇。知多啲先生是個超級樂於助人的搜尋器，他幫助破壞王和雲妮露搜尋到《甜蜜大冒險》的方向盤，還為他們指引了前往eBay的正確方向。

# 占叔

占叔是遊戲《閃電手阿修》中，好人大廈的房東。他自大、脾氣暴躁，多年來一直只將破壞王視作大壞蛋。在破壞王離開了遊戲，去尋找英雄獎牌後，占叔才明白破壞王對遊戲有多麼重要，如今他已將破壞王視為好人大廈的一分子。

# 歡迎來到
# 互聯網世界！

你即將投入一趟非常有趣的冒險之旅，並能為你喜愛的電子遊戲角色選擇前進的路徑！

 和

你只需要按照箭嘴和每頁頁底顯示的圖案，依照指示作出選擇，就能創造屬於你的故事！

還等什麼？快點擊「開始」鍵吧！

開始
翻到下一頁！

跟隨雲妮露，請翻到第14頁！

跟隨兩人，請翻到第22頁！

跟隨破壞王，請翻到第18頁！

要知道阿修的情況，請翻到下一頁！

11

誠徵：
臨時反派

占叔，我知道
《閃電手阿修》
是個深受歡迎
的遊戲……

可是，我從未想
過有這麼多人想
趁破壞王去互聯
網時取代他。

他們在這裏不能贏
得任何獎牌呀！是
不是破壞王創造了
扮演壞蛋的潮流？

你剛剛是不是説在
《閃電手阿修》裏
沒有獎牌？

只有阿修會得到獎牌，
而我們已經有阿修了。

誠徵：
臨時反派

我上次看見宣傳
海報上的破壞王
有一面獎牌！

哦，那面獎牌是他在
《甜蜜大冒險》裏得
到的友誼獎牌。

你們都聽到了嗎？他們在
《甜蜜大冒險》裏派獎
牌！我們走吧！

不！等等！

我們不會只將你從屋頂上扔下來,而不給你任何回報。

我們還有一堆漂亮的磚塊讓你睡覺。

於事無補呢!

被人從屋頂上扔下來?啊,不可能,我走了!

我也是!

好吧……

最少還有你們四個參加面試。

什麼?是太空蟲!

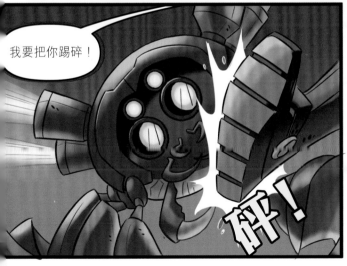

我要把你踢碎!

砰!

三個,有三個參加者。

卡爾安不就是最適合的人選嗎?

阿修,我們必須保持客觀公正,即使她是你的妻子。

與喪屍面試,請翻到第24頁!

與酸BB面試,請翻到第30頁!

與卡爾安面試,請翻到第38頁!

14

突然停下來了！

這裏發生了什麼大事呢？

這是網絡減速，原因是前面的流量太大了。

我們不肯定什麼時候會恢復正常，但你在等待期間可以試試重新整理頁面。

好的，我重新整理我的清單！

我要汽小加雪糕球，謝謝！雪糕要士多啤梨味，加鮮忌廉，還有——啊！上面要放一顆又紅又大的櫻桃！

我……什麼？不，我不是說這些。

我是說請到一佪新的車廂裏重新出發。

哦，我明白了。

你的網速太慢了嗎？

以破壞王的身分重新出發，請翻到第19頁！

徒步探險，請翻到下一頁！

小朋友，每個人都有自己的優先考慮，而我的頭等大事就是賺錢。

「我的頭等大事就是賺錢。」

你……你在嘲笑我嗎？

你……你在嘲笑我？

停下來！

停下來！

打擾一下，我是彈出式視窗封鎖員。這個彈出式視窗是不是在騷擾你？

對。

什麼？不，我沒有！是她在騷擾我！我正想擺脫她！

你會告訴他嗎？

你會幫助我嗎？

唉，好吧！

聽着，我不能一路帶你到eBay，這個角落是我負責的範圍。

不過，那邊有互聯網上最大的平價商店。

那裏什麼都有。

在平價商店裏尋找方向盤，請翻到第26頁！

啟動你的車廂前往eBay，請翻到第50頁！

17

知多啲先生，謝謝你！

點擊！

連接至eBay。

嘩！真厲害！

等一等！

嘩！

咻！

你需要查詢嗎？

不，不用了。我不需要一整天都高速地前進，雲妮露才是賽車手呢！我這雙大腳板是用來走路的。

我建議你還是查詢吧！互聯網充滿了令人分心的東西。

某些人可能是這樣，但我有出色的專注力。

嘩！曲奇！

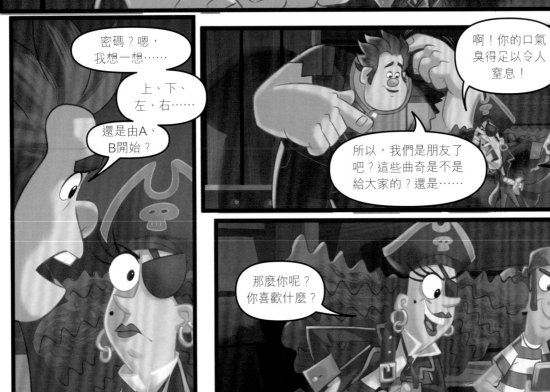

要重新設定
密碼，請翻
到第18頁！

趕快跑！
請翻到第
28頁！

21

沒多久⋯⋯

對強大的遊戲角色來說，口號是重要的部分。

它讓玩家從投入硬幣到遊戲機的那刻開始，便了解到遊戲中令人着迷的地方。

閃電手阿修的口號是「我能修好它！」雖然說得非常好，但很抱歉！阿修，我要批評這句口號，因為它要在破壞王大肆破壞後，才能顯出它的作用。

喪屍，聽到我的指示後，便用你最邪惡的聲線說出「我要破壞一切！」

讓我們每個角色都切實地感受到那種威脅吧！

好⋯⋯開始！

呀呀呀呀⋯⋯呀呀呀呀呀⋯⋯呀呀呀⋯⋯

不對，不對。再來一次，要充滿力量。「我要破壞一切！」

呀呀呀呀⋯⋯呀呀呀呀呀⋯⋯

嗯⋯⋯

呀呀呀呀⋯⋯

給他一點時間吧！喪屍表面上移動得很慢，但當你轉過頭來就會發現……糟糕了！他們已撲到你的身上，就像花生醬和果醬三明治上的螞蟻。

來吧，「我要破壞一切。」

呀呀……我要……呀呀呀……

「破壞一切。」

呀呀呀……呀呀呀呀……

你要將嘴巴張得又大又闊，運用橫隔膜，就像這樣……

我要破壞一切！

呀呀呀……我……要破壞一切！

咔啦

看吧……占叔，我早就告訴你了。

我不敢相信自己會這樣説。

不過，我想念破壞王了。

與酸BB面試，請翻到第30頁！

與卡爾安面試，請翻到第38頁！

認為破壞王無可取代，請翻到第48頁！

讓我看看，餐椅、辦公椅、高腳椅……啊！

沙灘椅！

這輛購物車會帶你到休閒用品區，而我們熱賣的產品會在你的右邊。

咦！

啊！發生什麼事了？

他未結賬便登出了。這種事常常發生的。

在平價商店裏尋找方向盤，請翻到第32頁！

轉到破壞王路線，請翻到第42頁！

27

搜尋 Instgram，請翻到第34頁！

追蹤小鳥，請翻到第42頁！

轉換至雲妮露路線，請翻到第32頁！

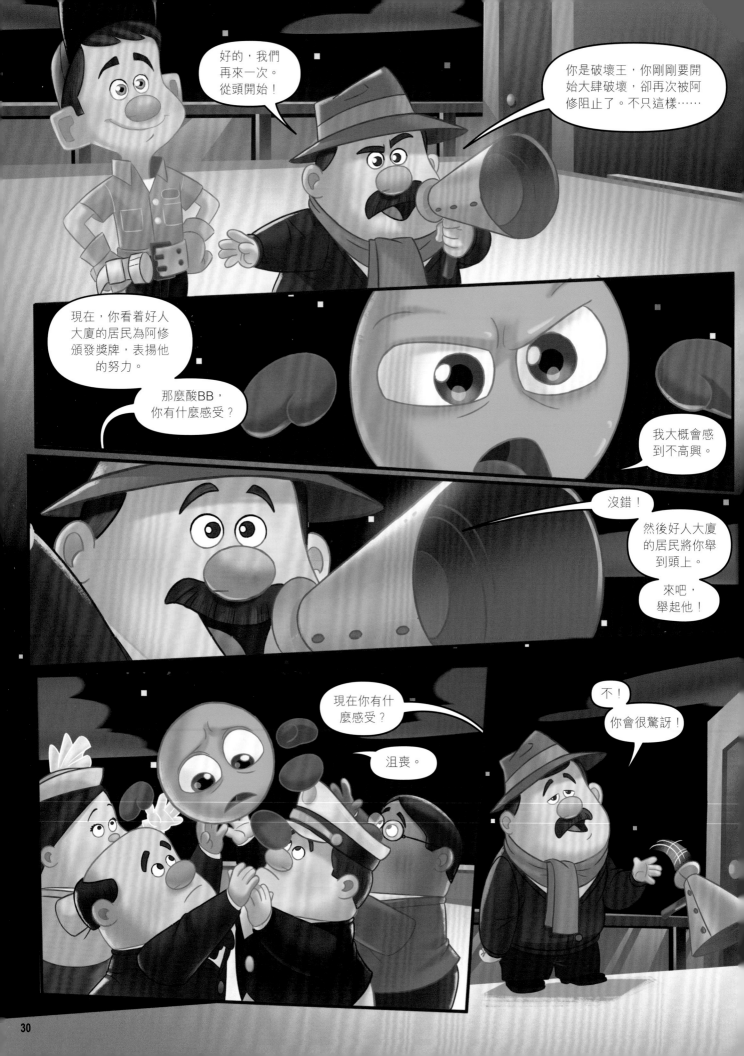

認為破壞王無可取代，請翻到第48頁！

與喪屍面試，請翻到第24頁！

與卡爾安面試，請翻到第38頁！

展開比賽，請翻到第36頁！

33

嘩！這裏是什麼地方？

歡迎來到Instagram博物館。

先生！你的腳！

對，是我的腳。我還有兩隻巨大的手呢！

噢，我懂了，這裏是一個時尚場所。

不過，你看！那邊有另一雙光着的腳呀！

啊，對！這是我們其中一個最受歡迎的展覽，名為《在泳池旁赤腳》。你要花幾天才能看完那些照片。

它的受歡迎程度僅次於《在沙灘上赤腳》。

咕嚕嚕嚕嚕

你這裏還有許多小貓的照片呢！

是不是……有什麼不妥？

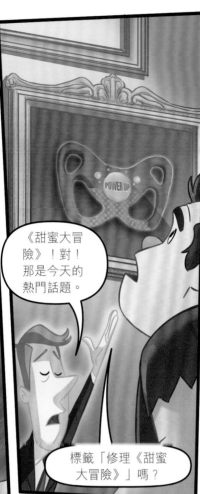

請翻到第50頁！

請幫助雲妮露在平價商店裏前進，讓她迅速繞過路障，成功到達綠色方塊的位置。

你勝出了限時大減價的比賽！請翻到第46頁！

你落敗了！請翻到第40頁！

認為破壞王無可取代，請翻到第48頁！

與喪屍面試，請翻到第24頁！

與酸BB面試，請翻到第30頁！

為破壞王挑選一根用來攀爬的樹枝，然後數一數破壞王的帖文得到多少個讚好！

如果你選擇的樹枝上有少於17個讚好，你就輸掉這場Twitter論戰了！從這裏看下去！

如果你選擇的樹枝上有17個或以上的讚好，你便在這場Twitter論戰中勝出了！從這裏看下去！

噢！

走開，你們這些膽小鬼！

吃……太多曲奇了……

請翻到第12頁！

咦，那裏寫着「eBay」！我快到達目的地了！

請翻到第50頁！

前往eBay，
請翻到第50頁！

阿修，對不起！我令你失望了。

在這些參加者中，怎麼可能沒有一個充滿熱誠、又有能力的角色來取代破壞王呢？

大概是因為破壞王不穿鞋吧。

我是認真的，阿修。接下來會發生什麼事呢？

我想利維先生會在我們的遊戲機上掛上「機件故障」的告示牌。如果破壞王永遠不回來……

他會永遠拔去這個遊戲的電源。

那會令我非常生氣，使我能夠……

我能夠破壞一切！

砰！

啊！

請翻到
下一頁！

## 無敵破壞王2
### 打爆互聯網（電影番外篇漫畫）

改編：Joe Caramagna

繪圖：Disney Storybook Art Team

翻譯：羅睿琪

責任編輯：葉楚溶

美術設計：陳雅琳

出版：新雅文化事業有限公司

香港英皇道499號北角工業大廈18樓

電話：(852) 2138 7998

傳真：(852) 2597 4003

網址：http://www.sunya.com.hk

電郵：marketing@sunya.com.hk

發行：香港聯合書刊物流有限公司

香港新界大埔汀麗路36號

中華商務印刷大廈3字樓

電話：(852) 2150 2100

傳真：(852) 2407 3062

電郵：info@suplogistics.com.hk

印刷：中華商務安全印務有限公司

香港新界大埔汀麗路36號

版次：二〇一八年十一月初版

版權所有・不准翻印

ISBN: 978-962-08-7153-5
© 2018 Disney Enterprises, Inc.
All rights reserved.
Published by Sun Ya Publications (HK) Ltd.
18/F, North Point Industrial Building,
499 King's Road, Hong Kong
Published and printed in Hong Kong